Bouclez votre ceinture ! Vous allez bientôt accompagner votre enfant dans une aventure passionnante. Destination : la lecture autonome !

Grâce au **Chemin de la lecture**, vous aiderez votre enfant à y arriver sans peine. Le programme offre des livres de cinq niveaux, appelés km, qui accompagneront votre enfant, de ses tout premiers essais jusqu'à ce qu'il puisse lire seul sans problème. À chaque étape, il découvrira des histoires captivantes et de superbes illustrations.

Je commence

Pour les enfants qui connaissent les lettres de l'alphabet et qui ont hâte de commencer à lire.

• mots simples • rythmes amusants • gros caractères
• images éloquentes

Je lis avec un peu d'aide

Pour les enfants qui reconnaissent certains sons et qui en devineront d'autres grâce à votre aide.

• phrases courtes • histoires prévisibles • intrigues simples

Je lis seul

Pour les enfants qui sont prêts à lire tout seuls des histoires simples.

• phrases plus longues • intrigues plus complexes
• dialogues simples

Mes premiers livres à chapitres

Pour les enfants qui sont prêts à affronter les livres divisés en chapitres.

• petits chapitres • paragraphes courts • illustrations colorées

Les vrais livres à chapitres

Pour les enfants qui n'ont aucun mal à lire seuls.

• chapitres plus longs • quelques illustrations en noir et blanc

Pas besoin de se presser pour aller d'une étape à l'autre. **Le Chemin de la lecture** ne s'adresse pas à des enfants d'un âge ni d'un niveau scolaire particuliers. Chaque enfant progresse à son propre rythme : il gagne en confiance et tire une grande fierté de pouvoir lire, peu importe son âge ou son niveau scolaire.

Détendez-vous et profitez de votre voyage — sur Le Chemin de la lecture !

Photographie de la couverture : Scott Fujikawa, Lin Carlson,
Patrick Kittel, Vince Okada et Lisa Collins

A GOLDEN BOOK • New York
Golden Books Publishing Company, Inc.
New York, New York 10106

Imprimé en Chine. Dépôt légal 1er trimestre 2002.
Isbn : 1-552254-74-7.

Barbie™

barbie.com:
la surprise de Guimauve

Texte : Barbara Richards
Illustrations : S.I. International
Adaptation française : Le Groupe Syntagme inc.

C'est la dernière journée d'école. Michelle et Julie ne tiennent plus en place. Julie murmure à Michelle : Aimerais-tu te baigner dans ma nouvelle piscine demain ?

Michelle hoche la tête.

— Je vais apporter mon nouveau flotteur, chuchote-t-elle à son tour.

Le lendemain matin,
Michelle se réveille tôt.
Elle enfile son maillot de bain
et saisit sa serviette rose.

Puis elle commence

à chercher son flotteur.

Il n'est pas dans sa boîte de jouets.

Il n’est pas sous son lit.

Michelle fouille dans sa
penderie.
Le flotteur n'y est pas non plus.
Mais elle aperçoit
une queue blanche touffue.
C'est sa chatte, Guimauve,
qui dort sous une pile de
vêtements.
— Guimauve, qu'est-ce qui se
passe ? demande Michelle.
Depuis quelque temps,
Guimauve est bizarre.
Elle passe son temps à dormir.
Et elle grossit à vue d'œil.

— Guimauve ne va pas bien.

Elle grossit trop,

dit Michelle à sa mère.

La maman de Michelle est

en train de tricoter une paire de

chaussons de bébé.

— Guimauve va très bien,

dit-elle en riant.

On dirait bien qu'on grossit

en même temps.

J'ai tellement hâte

que le bébé soit né.

— Guimauve ne va pas bien.
Elle passe son temps à dormir,
dit Michelle à son père.
Il est en train de peindre
l'ancienne chaise haute
de Michelle.
Elle est juste fatiguée,
dit son père.
Penses-tu que le bébé
va aimer cette couleur ?
Michelle lève les yeux au ciel.
Ses parents ne parlent
que du futur bébé.

Michelle finit par trouver
son flotteur dans le garage.
Puis elle se rend chez Julie.

Elles plongent pour trouver

des sous noirs dans la piscine.

Puis elles font de la nage synchronisée.

— On va passer un été du tonnerre, s'exclame Julie.

Michelle soupire.

— Je l'espère, réplique-t-elle.

Si seulement je savais pourquoi Guimauve ne va pas bien.

Elle est vraiment bizarre.

Et elle est plus grosse que jamais.

Julie prend son amie par l'épaule.

— En as-tu parlé à tes parents ?

demande-t-elle.

— J'ai bien essayé,

répond Michelle.

Mais ils ne pensent

qu'au futur bébé.

— Demandons à Barbie, suggère Julie.

— En entrant dans mon ordinateur,
tu veux dire ? demande Michelle.

— Mais bien sûr ! répond Julie.

Le mois précédent, les filles ont vécu
une aventure formidable.
Elles ont tapé *barbie.com*
à l'ordinateur de Michelle.
Et tout d'un coup, elles se sont
retrouvées dans la maison de Barbie !

— Quelle bonne idée ! s'écrie Michelle.

— Barbie trouve toujours
une solution à nos problèmes.

Le lendemain soir, Julie
passe la nuit chez Michelle.
Elles attendent que les parents
de Michelle soient couchés.
Puis elles emmènent Guimauve
en douce dans la salle d'ordinateur.

Michelle allume l'ordinateur.

Elle tape *barbie.com*.

L'écran devient tout rose.

Elle clique sur la maison

de Barbie.

Bientôt l'écran se met à clignoter.

Rose pâle ! Rose vif ! Rose bonbon !

Puis l'écran commence à grossir.

Il devient de plus en plus gros.

Michelle serre Guimauve bien

fort dans ses bras.

Les deux amies sautent

dans l'ordinateur.

Un brouillard rose les enveloppe.

Une voix s'écrie :

Bienvenue, les filles !

C'est Barbie !

— Salut Barbie !
s'exclament Michelle
et Julie en chœur.
Michelle pose sa chatte
sur le tapis rose de Barbie.
— Qui est-ce ? demande Barbie.
— C'est ma chatte Guimauve,
répond Michelle.
Nous sommes inquiètes pour elle.
Elle passe son temps à dormir.
Et elle est trop grosse.
Julie ajoute : On espérait
que tu pourrais nous aider.

— Ne vous inquiétez pas,

dit Barbie.

Je connais bien les animaux.

Je suis vétérinaire de formation.

Je vais trouver ce qui ne va pas.

Barbie place sa main

sur le bedon rond de Guimauve.

— Elle a peut-être avalé
un gros ballon, dit Julie.
Comme un de ceux qu'il y avait
à ma fête d'anniversaire.

Michelle se mord la langue.

— Guimauve est peut-être malheureuse, dit-elle. Comme nous, quand on a découvert qu'on ne serait plus dans la même classe l'année prochaine.

— Qu'en penses-tu, Barbie ?

demande Julie.

— Guimauve va très bien,

dit Barbie.

Mais elle va bientôt

avoir des chatons !

— Des chatons !

s'écrient Michelle et Julie.

Elles n'arrivent pas à le croire !

— Quand vont-ils naître ? demande Michelle.

— Très bientôt, répond Barbie.

Elle installe Guimauve sur une couverture moelleuse.

— Qu'est-ce qu'on peut faire pour l'aider ? demande Julie.

Barbie sourit.

Les chattes n'ont pas besoin d'aide pour avoir des petits.
Elles savent d'instinct ce qu'il faut faire.

Barbie conduit les filles dans le salon.

— Alors, Michelle, es-tu contente
que l'été soit arrivé ?
demande Barbie.
Mais Michelle ne l'écoute pas.
Elle est dans la lune.
Elle pense aux chatons.
Et au frère ou à la sœur
qu'elle aura bientôt.

— Ça ne va pas ? demande Barbie.

— Les bébés changent toute notre vie, soupire Michelle. Ma mère attend un bébé. Mes parents ne parlent que de ça. Personne ne fait plus attention à moi.

Barbie serre Michelle dans ses bras.

— C'est vrai que les bébés changent un tas de choses, dit Barbie. Mais ça ne veut pas dire que tes parents ne t'aiment pas.

Michelle fronce les sourcils.

— Mais ils ne passent plus de temps avec moi, se plaint-elle.

— Tes parents doivent être bien occupés, dit Barbie.
Et ils seront tout aussi occupés quand le bébé sera là.
Et toi aussi.

— Moi ? demande Michelle.

— Bien sûr, répond Barbie.

Être une grande sœur,

c’est une grosse responsabilité.

Tes parents auront besoin de ton aide.

Et n'oublie pas : tu vas avoir une

nouvelle personne à aimer.

Michelle sourit.

— C'est vrai, dit-elle.

Je vais avoir un nouveau bébé à aimer.

Et les chatons, aussi !

Ce ne sera peut-être pas si mal,

après tout.

Merci, Barbie !

Barbie regarde sa montre.

— Êtes-vous prêtes à voir

Guimauve maintenant ? demande-t-elle.

— Allons-y !

s'écrient Julie et Michelle.

Elles se ruent

dans la salle d'ordinateur

de Barbie.

Guimauve est assise dans un coin…

avec trois petits !

Les chatons poussent

de petits cris aigus.

Il y en a deux gris.

Et un tout blanc, avec un nez rose.

— J'ai une idée, dit Julie.

Si on fabriquait une maison pour

Guimauve ?

Barbie trouve une boîte vide.

Michelle dessine vite 

une porte et deux fenêtres.

— Je vais la colorier en jaune, dit-elle.

Comme ça, elle sera de la même couleur

que la chaise haute du bébé.

Il est bientôt l’heure de partir.

Barbie allume l'ordinateur.

Elle tape *michelle.com.*

Julie et Michelle serrent Barbie dans leurs bras. Elles sautent dans le brouillard rose.

— Je savais que Barbie nous aiderait, dit Julie.

Elles sont de retour dans la salle familiale chez Michelle.

— Il me reste un problème, dit Michelle. Comment est-ce que je vais appeler les chatons ?

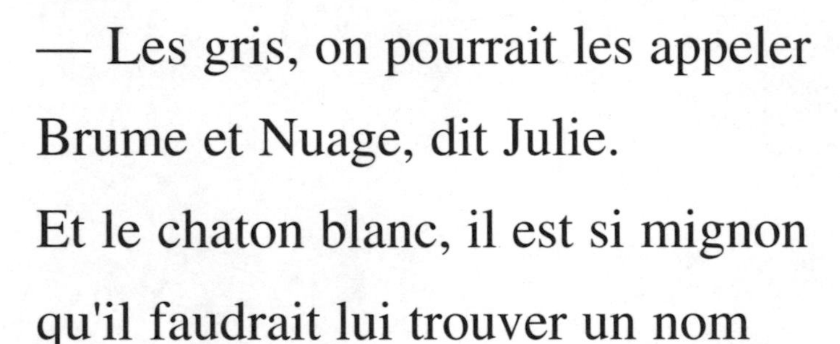

— Les gris, on pourrait les appeler Brume et Nuage, dit Julie. Et le chaton blanc, il est si mignon qu'il faudrait lui trouver un nom aussi joli que lui.

— J'ai trouvé ! s'écrie Michelle.

— Bienvenue dans la famille, Barbie !